LA LANTERNE

MAGIQUE.

LA
LANTERNE MAGIQUE,

OU

LA MATINÉE
D'UNE JOLIE FEMME.

POÈME EN DEUX CHANTS,

PAR L'AUTEUR DE *L'ENLEVEMENT D'HELENE*,
DU *NOUVEAU RAGOTIN*, ETC., ETC.

PARIS,

IMPRIMERIE DE FIRMIN DIDOT FRÈRES,
RUE JACOB, N° 24.

1832.

LA
LANTERNE MAGIQUE,

ou

LA MATINÉE

D'UNE JOLIE FEMME.

POÈME EN DEUX CHANTS.

Tel que Piron, je dirai, point d'exorde;
Je suis pressé. Le temps peu m'en accorde;
La beauté dort.... Prochain est son réveil;
Il me faut être à la fin du sommeil
Pour répéter, la tâche m'est donnée,
Ce qu'elle fait dans une matinée.

Le timbre actif, interprète du jour,
Déjà dix fois a frappé son tambour.

« Bruit discourtois, dit la belle Eudoxie.

« Je savourais cette douce inertie,

« Besoin urgent des pieds endoloris

« Par la fatigue, et les bals de Paris ;

» J'étais si bien sur l'ouate légère,

« D'où je bravais le froid le plus sévère :

« Faut-il sitôt abandonner ce lit,

« Où ma santé si bien se rétablit !

« Mais je le dois, car cette matinée

« Pour travailler fut par moi destinée.

« Je dois ce soir, en concert d'amateurs

« Me faire entendre ; et des bravos flatteurs

« Ferons chorus. J'en suis sûre d'avance,

« Chacun sera charmé de ma romance.

« Elle est nouvelle, et l'auteur fort discret,

« M'a dit, tout bas, que j'en étais l'objet.

« Par ce guerdon que son désir appelle,

« Il me faut donc récompenser son zèle.

« Faut me lever. » Sitôt avec ardeur,

Sa main saisit le cordon moniteur,

Deux fois le tire, et l'agile sonnette

Se fait connaître à la lente soubrette,

Qui, l'entendant, grommelle entre ses dents,

Que ces appels lui semblent excédants,

Qu'à contre-temps toujours on sait la prendre.

Delphine enfin se décide à descendre;

Apte au service, elle en fait les apprêts,

Lève madame, et puis l'habille après.

Un cosmétique, usité dans l'Asie,

Couvre les bras et les mains d'Eudoxie :

Elle s'en sert pour en garder l'odeur,

Car rien n'y peut ajouter de blancheur.

Les pieds aussi dans un seau de la Chine

Ont eu leur tour, une batiste fine

Les enveloppe et sèche en même temps;

Il est encor maints détails importants

Que doit omettre une muse discrète.

L'heure s'écoule, et longue est la toilette.

Bientôt midi. Le déjeuner se sert :

On jase, on rit; enfin on s'enquiert

Des quolibets, des cancans de la ville ;

Et les on dit se répètent par mille.

La poste arrive, elle apporte un journal ;

De table on sort : on le lit bien ou mal.

S'il ne dit rien, sa lecture incommode ;

Le feuilleton, l'article de la mode,

Seuls ont le droit d'être tout entiers lus :

Comme celui du choléra-morbus,

Les vents du nord peuvent, sans qu'on s'en doute,

Porter le mal que partout on redoute ;

Or, il est bon, s'il fait invasion,

De se garer de la contagion.

Pour indiquer alors ce qu'il faut faire,

Du médecin l'avis est nécessaire.

En cet instant, il arrive à propos :

C'est un docteur, vermeil et bien dispos.

L'hilarité peinte sur sa figure,

Pour qui le voit est d'un parfait augure ;

Point libéral à livrer passe-ports

Qui mènent droit à l'empire des morts.

Son hygiène est du plaisir le code ;

C'est, en un mot, le docteur à la mode ;

Il est aimable et de fort bon conseil ;

Son élixir est surtout sans pareil,

Suave à boire, il parfume l'haleine,

Donne appétit et guérit la migraine,

Calme les nerfs, déterge les humeurs,

Dissipe enfin toutes pâles couleurs.

Mais s'agit-il d'une fièvre indocile,

Qui, dans le corps, élit son domicile,

En présentant un danger assuré,

Le cher docteur la hait à tel degré,

Qu'il ne veut point batailler avec elle,

Disant alors, pour telle clientèle

Qu'il n'est point fait, que son art doit guérir,

Mais non point ceux destinés à mourir.

Tout le beau sexe et l'aime et l'apprécie.

Tous les matins, il vient chez Eudoxie,

Tâte son pouls, interroge ses yeux,

Et lui promet toujours qu'elle ira mieux.

A son aspect, un aimable sourire

Au médecin montre qu'on le désire.

Lors il s'approche, enchanté de l'accueil ;

Près de la dame il place son fauteuil.

D'observer tout il s'est fait une étude :

Bientôt il voit régner l'inquiétude

Qu'avait causée un imprudent journal

En présageant le choléra fatal.

Quoi de nouveau, dit-il, qui vous tourmente ?

Quelque malheur est-il qui se présente,

Pour altérer les mines, les esprits ?

Je vois des pleurs où j'espérais des ris.

On lui fait lire alors la triste annonce.

Que vous importe ? est toute sa réponse.

Quoi ! lui dit-on, vous pouvez, sans frémir,

Envisager ce terrible avenir

Qui nous fera, sans tambour, ni trompette,

Partir du monde, hélas, sans interprète !

Car il faut bien, pour mourir décemment,

Se confesser, et faire un testament :

Par ainsi donc, et le ciel et la terre
Sont satisfaits; enfin, on vous enterre.
— Tous vos propos, interrompt le docteur,
Sont noirs comme encre, et sentent la terreur.
Soyez sans crainte; à la moindre colique,
Avalez vite un coup de spécifique,
Et vous verrez, comme en un tour de main,
Ce choléra se dissiper soudain.
Puis, longuement en décrit les symptômes,
Combien il a dévasté de royaumes,
Son origine, et ses affreux progrès,
Petit discours arrangé tout exprès.
Pour écouter le moderne Esculape,
Chacun se tait, afin que rien n'échappe.
On s'émerveille, on demande comment
Ce beau diseur parle si savamment ?
Or, ayant fait l'effet qu'il doit attendre,
Se retirer est un dessein à prendre.
Lors il se lève. En voyant son projet,
La dame veut lui parler en secret.

Le vrai motif est tel qu'on le devine,

De consulter sa science divine

Sur certains maux qu'elle prétend avoir,

Ou qu'elle aura. Lors, on entre au boudoir :

Charmant asile, il offre peu d'espaces,

Assez enfin pour reposer les Graces

Lorsque Eudoxie y vient s'y retirer.

Un demi-jour suffit à l'éclairer;

La simple glace y double son image,

Et de ses doigts le tapis est l'ouvrage ;

Large divan, élégant et moelleux,

Pour mieux causer, offre place à tous deux.

Là, le docteur écoute sa malade

De maux légers faire jérémiade.

Avec adresse il semble partager

Ce qu'elle sent, et qu'il doit soulager.

Ce doux espoir console et réconforte

La belle alors, qui déjà mieux se porte.

Le pédantisme effarouche les ris ,

Bien il le sait; mais en joyeux devis,

En calembours, en rébus il est riche,

Et fort habile à rimer l'acrostiche;

Même, parfois, le docteur très-badin

En vers galants prescrit un anodin.

De son talent ayant tari les sources,

Le docteur pense à faire d'autres courses.

Il prend congé, car tout Paris l'attend;

S'il n'est ainsi, du moins il le prétend.

A son départ, il laisse une ordonnance,

Dont nul ne peut contester l'innocence.

Dansez, dit-il, et divertissez-vous:

Ce passe-temps est salutaire et doux.

Adieu, bel ange! et, dans son cœur, la belle

A fait le vœu d'obéir avec zèle.

Il est parti. Delphine, en cet instant,

De nouveautés fait monter un marchand.

Il vient chargé d'une lourde valise,

De porte en porte offrant sa marchandise;

A moitié prix il en fera l'accord:

Mais à Madame il désire d'abord

La faire voir, comme étant la première
A qui, dit-il, il veut avoir affaire.
Car ce ballot, de Londres arrivé,
Sitôt connu, serait vite enlevé.
On le refuse ; il ne veut rien entendre,
Tout il étale; on ne peut se défendre
De regarder. Ainsi naît le désir.
Puis un achat, que le goût sait choisir,
A cent pour cent est le gain de la vente :
Modestement le marchand s'en contente,
Part, ajoutant : Vous n'aurez nuls regrets,
Et m'en ferez des compliments après.
Riant sous cape, il dit : La bonne aubaine !
Que n'ai-je pu vendre ainsi la douzaine!
Sur le sopha, Delphine artistement
Pose la robe, élégant vêtement.
Pour applaudir à cette fantaisie,
En juge expert l'examine Eudoxie.
En l'ondulant par des plis différents,
Elle convient qu'il lui faut des rubans.

Ah! c'est alors, contre son ouvrière,
Que se déploie une juste colère.
Elle devait, et sans aucun retard,
Lui rapporter une autre de brocart,
Bien décidé. De cette négligence
Le changement sera la récompense.
Mais à la porte on entend certain bruit,
Delphine y court ; l'ouvrière la suit.

Au doux aspect d'une robe nouvelle,
L'ire s'apaise : alors plus de querelle.
Bien se conçoit le vif empressement
Pour essayer ce frais ajustement.
Or, dans la chambre elles passent ensemble.
Les y laisser paraît bon, ce me semble.
Qu'irai-je faire? Un poète peut-il
Dans une aiguille insérer brin de fil?
Lorsqu'il voudra, ses visions cornues
Lui feront voir les Graces toutes nues ;

Les habiller n'est point de son ressort.
Je me repose, et je n'ai pas grand tort;
Il me faut bien un peu reprendre haleine,
Et j'attendrai que la beauté revienne.

CHANT SECOND.

Muse, en besogne, et reprends tes pinceaux :
Voici venir quelques portraits nouveaux.
Je le sais bien, le repos réconforte ;
On en acquiert une voix bien plus forte.
Un long poème est divisé par chants
Pour le lecteur et pour les écoutants.
De ce permis le poète profite
Pour cheviller un conte parasite ;
Il croit, sans lui, son ouvrage trop court ;
Le plan est fait, il se promène autour :
De branche en branche ainsi l'oiseau sautille,
Et puis revient retrouver sa famille.
Il me faut donc retourner à mes vers,
Tableau mouvant de spectacles divers ;

Il en est temps. L'ouvrière partie,

Dans le salon je revois Eudoxie

Au coin du feu, les pincettes en main,

Rêvant beaucoup, et ne pensant à rien ;

A rien ! que dis-je ? Ah ! grande est l'imposture !

La dame pense à sa gente figure.

Sur cet objet s'arrêtent volontiers

Doux souvenirs et gracieux pensers.

On peut fort bien ce que peuvent les autres.

Pour la louer je connais mille apôtres.

S'il ne chatouille ou le cœur, ou les sens,

Brûlerait-on un inutile encens ?

Oui, c'est semer dans une terre ingrate ;

Que de louer celle que rien ne flatte :

Mais en est-il ?... L'éloge adulateur

Long-temps conserve une suave odeur.

La solitude en cela le seconde ;

L'esprit retourne à ce qu'a dit le monde ;

L'infatigable imagination

Le fait céder à son impulsion.

Très-fréquemment on voit aux billevesées
Leur succéder les plus graves pensées.
Ce fut ainsi qu'un tardif souvenir
D'étudier rappelle le désir,
En ce moment, à la belle étonnée
De voir déja finir la matinée.
Le chiffre trois, qu'indique le cadran,
De ses projets a dérangé le plan.
Il est bien tard pour ce qu'elle doit faire,
Chaque matin, c'est sa plainte ordinaire.
Elle en soupire, et se dit *in petto :*
Sages projets sont toujours à *volo.*
A ce tracas je ne saurais suffire,
Lettre à répondre, et ce roman à lire,
Que le libraire attend depuis huit jours;
Je veux lui rendre, et le garde toujours.
Pour la musique, un rhume de commande
Me servira d'excuse à la demande.
On a pour soi l'appui de la saison,
Bouche jolie obtient d'ailleurs raison.

Cet argument est, parbleu, sans réplique,
Dit, en entrant, un fameux politique,
Dans le divan commande le sérail;
Oui, la quenouille est un bon gouvernail.
L'empire Russe aux mains de Catherine
Fut florissant, et sous sa discipline,
On ne vit point les barbares du Nord
Lever contre elle un rebelle discord.
Élisabeth, sous son obéissance
Des fiers Anglais contint l'indépendance.
J'ai consulté Puffendorf et Mably,
Le droit des gens est bien mieux établi
Dans un traité que je ferai paraître;
Il est écrit, ma foi, de main de maître.
De mon système, où la vérité luit,
Il n'en sera dans l'Europe qu'un bruit.
Tout est pesé dans sa juste balance;
Oh! j'y déploie une mâle éloquence.
J'ai, dans ma poche, un chapitre surtout
Qui pourra bien vous donner l'avant-goût

De ma faconde. A ces mots, Eudoxie,

D'un tremblement est tout-à-coup saisie.

Non, non, dit-elle avec un peu d'humeur,

Un autre jour, car j'attends mon coiffeur.

Dans cet espoir sort notre publiciste

D'exclusion, il est mis sur la liste,

On le peut croire, il le mérite bien;

Dur est, sans doute, un semblable entretien.

Pour le travail, encore une lacune :

Comme on maudit la visite importune!

A qui s'en prendre, il se peut, par hasard,

Que de l'Argus, son œil fût en retard.

A s'accuser Delphine se résigne,

Son oubli seul a soufflé la consigne;

L'ordre en défaut, il n'est pas surprenant

Que l'accès fût libre à tout survenant.

On gronde un peu de cette négligence;

L'instant d'après, on en perd souvenance :

On en rit même, on fera le récit

De la frayeur que fit cet érudit,

Et l'épisode, enjolivé par elle

Se lustrera d'une grace nouvelle.

L'artiste Harmand, si long-temps attendu,

Chez Eudoxie à la fin s'est rendu.

Sur la toilete, aussitôt il apprête

Tout ce qu'il faut pour sa charmante tête.

Son doigt léger, habile ordonnateur,

Divise, unit, ou réduit en vapeur

La masse épaisse, il construit l'édifice

Digne en effet de coiffer Bérénice.

Son grand renom plane dans tout Paris;

Tous les cheveux, ou noirs, ou blonds, ou gris,

D'un coup de peigne, ennemi du désordre,

Sans regimber, se remettent à l'ordre.

L'air du visage est le mode adopté,

C'est l'innocence, ou bien la volupté.

Si dans son œuvre on demande vitesse,

Il sait gagner du temps avec adresse.

Pour amuser, il fera de son mieux;

Il sait par cœur mille contes joyeux,

Du grand théâtre il coiffe les actrices,

Connaît à fond leurs mœurs et leurs caprices.

Plus un objet est éloigné de nous,

Plus de connaître on se montre jaloux.

Si , de la Chine, on vous conte une histoire,

L'attention deviendra plus notoire.

Le fait est sûr, le ciel de l'Opéra

Comme étranger, aux dames paraîtra.

L'artiste sait que cet article amuse ;

De la recette, à juste titre, il use.

Lors, admirant de son peigne vainqueur

L'œuvre divin, il parle en professeur,

Il s'extasie, et quête la louange

Douce denrée, et dont chacun s'arrange,

Car il en est de toutes les couleurs,

Pour tout état, voire pour les auteurs :

Ils sont friands de cette marchandise,

A leurs palais elle paraît exquise.

C'est le nectar dont s'enivrent les Dieux,

On la prodigue aux gens qui sont heureux.

Et, fût-il même un peu de contrebande,
Il a toujours la saveur qu'on demande.
Pour obtenir cet éloge flatteur,
Tout aussitôt cet artiste coiffeur
Porte une glace, interprète fidèle
De la coiffure et des traits de la belle.
Elle s'y voit, un sourire charmant
L'assure alors de son assentiment;
Il est payé, reconduit par Delphine.
Très-satisfait, il monte en citadine.
Je l'abandonne, un fort joli minois,
Pour m'arrêter n'aurait-il pas ses droits?
Dans l'antichambre, attend depuis une heure
Jeune tendron qui fort au loin demeure;
Un grand carton, toutefois fort léger,
Que de la veille elle devait porter,
Indique assez quel est son ministère,
Du magasin elle est la messagère;
Car, de modiste en adoptant l'état,
Il faut d'abord faire son noviciat.

Il sera court. Les beaux yeux de Suzette
Sont un aimant qui fait que l'on achète.
Jeunes muguets viennent la cajoler,
Batifoler, et d'amour lui parler.
S'aperçoit bien la sage boutiquière
Que cette fille est source financière,
Et se souvient que son beau magasin,
Avant ce faire, était plus que mesquin.
Quand, par hasard, vint une revendeuse
Femme intrigante, active pourvoyeuse,
Qui, par ses soins et par ce bon conseil
Changea la nuit en un brillant soleil.
Advenait-il une place vacante,
Sitôt trottait cette vieille ambulante;
Son air d'ailleurs confiance inspirait;
Au Temple, au Cours, partout on la voyait.
Alors, plutôt de n'en pas trouver une,
Elle eût été la chercher dans la Lune.
Tel dans les airs on voit voler l'autour,
Décrire un cercle et faire un long détour
***

Pour attraper la timide colombe ;

Ainsi Suzette en son piége succombe.

Pour mettre à fin ce ténébreux complot,

Point ne fallait avoir l'esprit manchot.

Chez la petite accès est difficile ;

Mais le démon en tout lieu se faufile.

Il y parvint. Suzette alors conta

Ce qu'en deux mots je vais insérer là.

Elle a seize ans, ses parents en province

N'ont, par malheur, qu'un revenu fort mince ;

Un officier, de ses attraits épris,

En l'enlevant, l'emmena dans Paris.

Trois mois, l'amour le retint dans l'ivresse ;

Trois mois après, il quitta sa maîtresse.

Manquant d'argent, elle vivait fort mal ;

De ses chagrins, c'était le capital.

Faut vous placer, dit la vieille damnée,

J'ai votre affaire, et dans cette journée,

Je veux finir vos insignes malheurs,

Les ris bientôt succéderont aux pleurs.

Le fait alors fut la suite du dire,

A ce qu'on veut Suzette veut souscrire.

On dit encor, que l'air du magasin,

Le bon exemple ont guéri son chagrin.

Ainsi, Delphine avec délicatesse,

Conte l'histoire habillant sa maîtresse.

Vesper descend, et le jour prend congé,

De mon labeur me voici dégagé.

Puis Eudoxie, en parure élégante,

Dans le Marais va chez la présidente.

Ah ! je crains bien qu'elle n'y soit fort tard.

De ce dîner ma Muse est à l'écart;

Mais, sans danger, elle dira d'avance,

Qu'en la voyant, la plainte est en silence.

Elle y conduit et les jeux et les ris,

Son doux aspect ravive les esprits.

Près d'elle j'ai passé la matinée;

Puissé-je encor achever la journée.

FIN DU POËME.

FRAGMENT D'UNE LETTRE.

Des membres harassés le lit est le remède ;
Du plaisir le repos est le doux intermède.
Si vous veillez la nuit, vous reposez le jour ;
Le sommeil à ce compte a donc aussi son tour ?
Laissez à l'artisan le soleil qui l'éclaire ;
Un lustre, en ses cristaux, offre un beau luminaire ;
Aux parures il donne un plus brillant éclat,
Et parfois la beauté lui doit son incarnat.
Ainsi, trompant les yeux, la lueur des bougies
Enlève un lustre ou deux à maintes effigies.
Dans un cercle élégant il nous faut accourir,
Le jour tombe. La nuit appelle le plaisir.

***.

Le soir est le moment où triomphent les fêtes;

Il offre occasions propices aux conquêtes.

Alcinoüs, Armide, en diverses couleurs

Ornaient de mille feux leurs jardins enchanteurs;

Et la pyrotechnie ajoutait aux merveilles,

A ces ravissements, seul tribut de nos veilles.

Des Graces la ceinture et leurs riches bandeaux

Resplendissaient bien mieux à l'éclat des flambeaux,

Lorsqu'au déclin du jour, voici venir Cyprine,

Le palais d'Amathonte aussitôt s'illumine.

Sur les riches atours reflète un gaz divin

Digne extrait de parfums, et du nard le plus fin;

L'odeur enchanteresse embaume la rotonde,

Révèle la déesse et se sent à la ronde.

L'égalité parfaite, en ces lieux séduisants,

En rassemblant la foule, y confond tous les rangs.

Les Faunes, les Sylvains, admis dans la cohue,

Ne sont point pour le bal une mince recrue :

Athlètes vigoureux, toujours sans se lasser

Ils peuvent sans relâche, ou danser, ou valser.

La Nymphe qui les voit en conçoit l'espérance,

Pour obtenir leur choix, brigue la préférence;

Et s'ils n'aimaient parfois à se mêler à nous,

De l'Olympe les Dieux pourraient être jaloux.

Quand sur un lit de fleurs Adonis se repose,

Alcide à ses travaux ne voit rien qui s'oppose.

Au défaut d'agréments, la force a bien son prix.

Argument sans réplique, ainsi pense Cypris.

Lors ne dédaignant point la main qui la demande,

Ne voit que le plaisir, fût-il de contrebande.

Dans Amathonte ainsi se fait le carnaval :

Lutèce, m'a-t-on dit, ne l'imite pas mal.

FIN.